Pour Juliette
– Son papy

Pour Évelyne
– M.B.

Des mêmes auteurs :

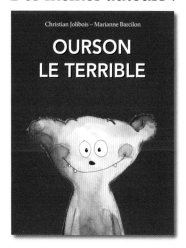

© Kaléidoscope 2018
11, rue de Sèvres, 75006 Paris
Loi n° 49.956 du 16 juillet 1949 sur les publications
destinées à la jeunesse : janvier 2018
Dépôt légal : janvier 2018
ISBN 978-2-877-67958-9
Imprimé en Italie

Diffusion l'école des loisirs

www.editions-kaleidoscope.com

Christian Jolibois – Marianne Barcilon

MADEMOISELLE
HIPPO
VEUT FAIRE DES BÊTISES

kaléidoscope

Au beau milieu d'un marigot,
une demoiselle Hippo fait trempette dans l'eau.

Regardez comme elle est sage !

Cette enfant s'appelle Belles-Quenottes
et fait la fierté de son papa et de sa maman.
« Comme on aimerait avoir une petite fille aussi sage,
disent les autres parents.
Nous, nos enfants sont de vrais garnements ! »

« C'est vrai que je suis sage… Trèèès sage »,
admet Belles-Quenottes,
fermant ses beaux yeux en rougissant un peu.

Approchons-nous d'elle. Pas un cil ne frémit, pas une oreille ne bouge,
elle semble dormir…
Pourtant, Belles-Quenottes ne fait pas la sieste !
Non ! Non ! Non !
Au risque de nous répéter :
« C'est seulement qu'elle est sage, trèèès sage ! »

Alors qu'en surface rien ne bouge, si on y regarde de plus près,
sous l'eau, c'est une autre affaire.
À l'abri des regards, ses quatre pattes sont en folie.
Belles-Quenottes trépigne, piaffe, tape, frappe, piétine le fond du marigot.

Clam, badam, clam,
bidi, tchaaaa !!!

Un furieux coup de soleil sur la tête l'a-t-il rendue zinzin ?

Pas du tout !

Mademoiselle Hippo plonge sa tête sous l'eau

pour qu'on ne l'entende pas et crie de toutes ses forces :

« Je n'en peux plus d'être sage !

J'veux faire des bêtises !

Voilà si longtemps que j'en rêve ! Que ça me démange…

Même rien qu'une… Une toute petite, une bêtise de rien du tout…

Juste pour savoir comment ça fait », implore Mademoiselle Hippo.

À cette idée, ses pattes redoublent d'ardeur et font des claquettes.

Clam, badam, clam,

bidi, tchaaaa !!!

Elle n'y tient plus.

« J'ai envie… J'ai trop envie… » répète Belles-Quenottes en serrant les dents.

Elle est prête à craquer.

« Oh, oui, oh, oui, oh, oui… Il faut absolument que je fasse une bêtise
ou je vais tomber malade. Une bonne grosse bêtise qui me fasse rire
aux larmes tellement c'est bête ! » dit-elle en trépignant de plus belle.

Clam, badam, clam,

bidi, tchaaaa !!!

C'est alors qu'on frappe à son museau :

TOC ! TOC ! TOC !

Et qu'une voix de trompette lui ordonne :

« Ouvrez grande la bouche ! »

« Monsieur de Travers, le dentiste ! » s'écrie-t-elle, apeurée.

Ce n'est pas une chose très connue,
mais les hippopotames doivent se soumettre
à une visite obligatoire du dentiste
deux fois par jour !

Après chaque repas, le toujours de mauvaise humeur
monsieur de Travers rapplique et ordonne d'une voix d'adjudant-chef :

« La bouche !

Ouvrez la bouche !

Plus grand !

Encore plus grand,
mauvaise graine ! »

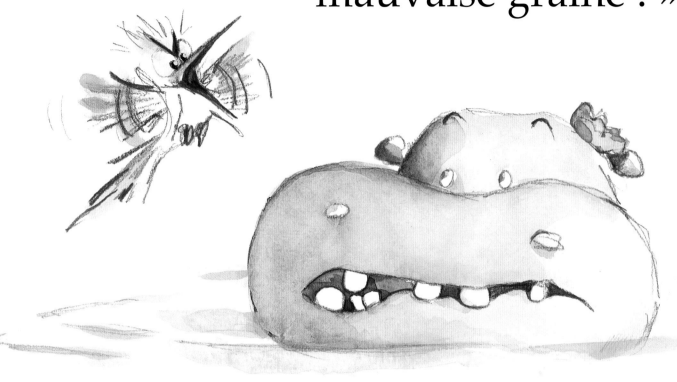

« Aïe ! Aïe ! Aïe ! se plaint Mademoiselle Hippo.
Vous allez me faire mal, monsieur de Travers ! »
« Quelle douillette vous faites ! » lui répond le mal embouché.
Il poursuit son inspection à la sauvage, toujours aussi désagréable :

« PLUS GRANDE LA BOUCHE, J'AI DIT !!! »

« Ouvrez plus grand !

Plus grand, encore plus grand ! »

hurle l'affreux petit dentiste.

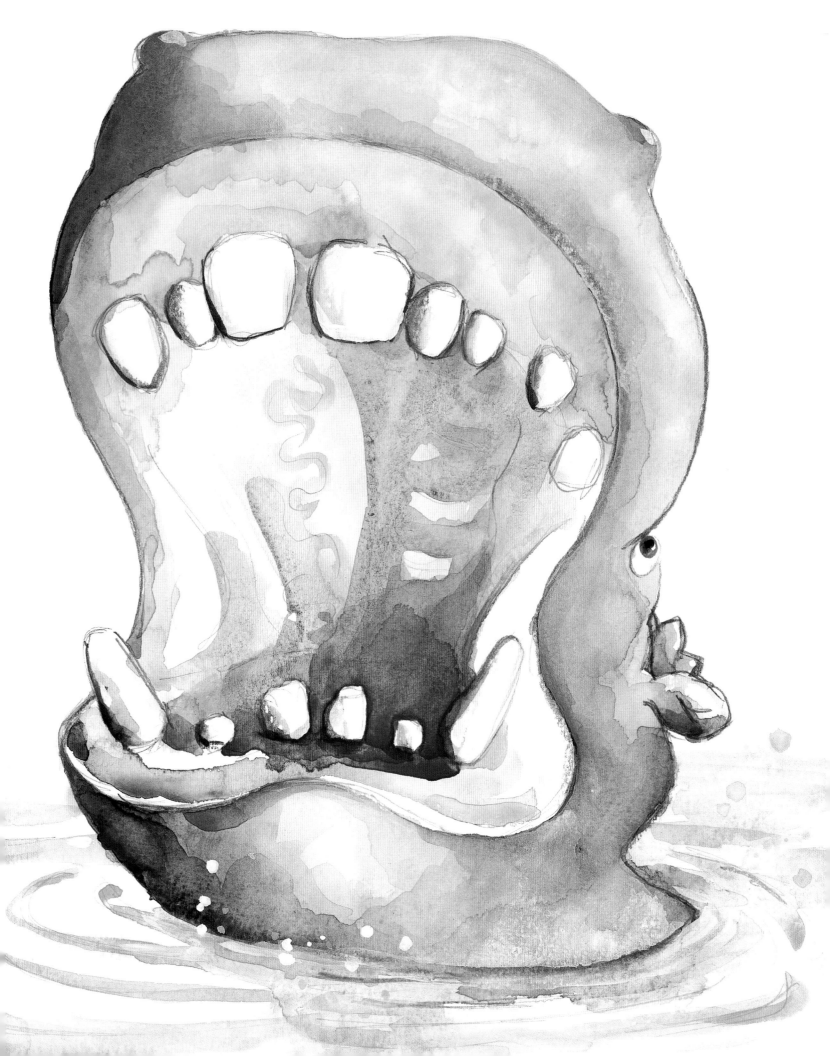

À cet instant, que s'est-il passé exactement ???
La bouche de Belles-Quenottes s'est refermée brusquement avec un grand…

CLAP !!!

Et le dentiste s'est retrouvé dans le noir.

Belles-Quenottes a senti quelque chose
qui lui descendait dans le gosier. Et elle s'est écriée :
« Mince ! J'ai avalé de Travers ! »
Puis elle a souri de toutes ses dents :

« Je crois que j'ai fait une grosse bêtise ! »

La disparition soudaine du plus insupportable des dentistes
a bien sûr étonné tous les hippos du marigot.
Il a été remplacé sur-le-champ par une charmante jeune dentiste
aux gestes très doux.
Et c'est un bonheur, dorénavant, que de se faire soigner les dents.

Belles-Quenottes a réalisé son rêve.

« Wouaaah…

Que c'est bon de ne pas être toujours sage ! »